遥かなる道

向井 逸雄

東京図書出版

遥かなる道 ❖ 目次

第一章

「ガチャーン　バリッ」けたたましいガラスの割れる音が聞こえ、昼下がりのここ静風荘という病院で、昼寝をしていた患者達は、皆目が覚めた。

窓の外を見ると、一人のまだ二十歳前後と見られる若者が、裸足のまま、Ｇパンと青いシャツ姿で、走って病院から公園の方へ、逃げて行くのが見えた。

しばらくして、軽トラックに白衣を着た三人の看護人が、うち二人は荷台に乗り、その若者を追いかけて行くのが見られた。

三百メートル程先で、その若者は取り押さえられ、荷台の上に乗せられて、病院の方へ戻って来た。

「こんな奴ら、殴ったら一発やけどな」若者が強がって言うと、怒った看護人は、若者に足蹴りをして、殴る蹴るの袋叩きにした。

若者は、立ち向かったが、三人掛かりなのと疲れていたので、勝てないと分かると、「どうもすみません、すみません」と謝ると、ようやく暴行は収まった。

若者は保護室と呼ばれる、座敷牢のような所へ入れられ、扉が閉められた。

そこは、板間の三畳くらいの部屋だった。明かりも差さず暗い所だった。週刊誌の漫画の本が一冊あって、それを読んだが、気味の悪い漫画としか思えなかった。

「これからは、気味の悪い物ばかり見て、暮らさなければならないのか」若者に恐れの気持ちが、湧き上がってきた。


一日経ち、担当の医師の診察があり、ようやく若者は、その気味の悪い部屋を出された。

医師は、診察で、「精神病です。ここで治すと腹を決めてください」と言った。

若者が、「私は、内面的なものが豊富だし、そんな病気ではありません」と苦しげな低い声で言うと、医師は、「この声音は、精神病の症状です」と言った。

ここで、この若者、いや青年と呼ぼう、この青年の紹介をすると、名前は北山秀太と言い、山口県のM大学の一年生である。日焼けして顔は黒かったが、目は澄んで青みがかっていて、身長は１７５㎝の痩せ型で、いわゆるハンサムであった。

頭も良いほうで、高校、大学と育英会の特別奨学金を貰っていた。関西のある山沿いの田舎の家に生まれ、冬はスキー、夏は水泳と遊びまわる、スポーツマンだった。

ただこの青年は、大学にはストレートに入ったが、他の大学生とは根本的に、性質が異なっていた。大学に入っても、殆ど授業に行かず、下宿で本を読んだり、ギターを弾いたりして、自堕落に暮らしていた。

やがて、大学に行かないせいで、落第を二回繰り返し、一層、自暴自棄になっていた。思いつきから、将来ギタリストになり有名になろうと、ギターの楽譜を買い練習をしていた。

落第の知らせがあってから、青年は、より激しくギターにのめり込んで、昼も夜も、下宿で大きな音でギターを弾いていた。

下宿の家の人も、青年が大学に行かず、ギターを弾く音がうるさいので、困ってしまい、下宿を出てほしいと言うようになった。

青年は、下宿を転々として、四つ目の下宿でも、ギターとステレオの音がうるさいと追い出された。

青年は、金も尽き、リヤカーで荷物を大学の旧校舎に運び込んだが、そこで旧校舎の管理人に見つかり、「おかしい男がいる」と、大学に連絡され、駆けつけた大学教授が、車でU市の静風荘という精神科の病院に連れて行き、診察を受けさせた。

診察が終わり、青年はトイレに行った時、この病院には周りにみな、鉄格子がかかっていたが、そのトイレの窓にだけは鉄格子が無いのを見つけ、木の下駄で窓のガラスを割り、逃げ出した。

前述したように、そこで、三人の看護人にトラックで追いかけられ、連れ戻された訳である。


さてここで、この青年、北山秀太は、21歳で6カ月間の入院生活を、送る事になるのだが、よくアメリカ映画に見られるように、病院の扉が閉められ、奥に入れば入る程、気味の悪い獣のような人が、狭い部屋に一人ずつ居るのとは、この病院は異なっていた。

窓には、鉄格子こそあるものの、日当たりの良い明るい部屋が8室程あり、それぞれ一病室、二病室、と名付けられていた。ベッド部屋が多く、一部屋に6人くらいの人達が住んでいた。

この青年は、三病室に案内され、窓際のベッドに場所が決められた。

部屋には、5人の人達がいて、それぞれ好奇の目で見て、「また新米が入って来た。どんな男だろう」とでも、言っているようだった。

ただ、この青年が、派手に窓ガラスを割って逃走するのを見ているので、一目置いている様子だった。

前のベッドには、30歳前後の、小柄な色の浅黒い人が、ギターを弾いていた。

北山が、「調子はどうですか」と聞くと、その男は、「あまり良くならんネ」と憂鬱そうに答えた。精悍な顔付きのこの男を、北山は、「凡人ではないナ」と思った。

北山の予想は当たり、話を聞くと、この男は下関の出身で、名古屋のC大学に入り、一年生で愛知県の空手の軽量級の学生チャンピオンになったらしく、空手の天才である。

ただ、ケンカが多く、部員とスナックに飲みに行き、そこで、やくざの連中と殴り合いの大ゲンカをするのが、日常的だったらしい。

当然、やくざより、ケンカは強く、殴り放題、殴っていたそうだ。

ある時もスナックで、またやくざを殴っていると、別のやくざに、ナイフで腹を刺され、命にかかわる重傷を負った。それ以来、少しおかしくなり、精神科に入院したそうだ。名前は、増本さんと言い、北山は、ギターもやるこの人と、仲良くなれそうな気がした。

他にも4人の人が、部屋にいた。皆ベッドに寝て、黙っていたが、増本さんの隣、北山の斜め向かいの人は、見た様子がおかしかった。目は見開いたままで、まばたきもせず、ベッドの周りをゆっくりと歩き、戻って来て、またベッドの周りを歩くという、分裂病の常同運動をしていた。

看護婦さんに聞くと、この人は、九州の名門のS大学の出身で、この病院に三十年程居るらしい。看護婦さんも笑っていた。

入院生活というと、朝七時に全員起床して、顔を洗い、それぞれ朝のテレビを見たりする。

八時半から朝食で、広い食堂で、自分の名札の付いた席に座り、配られたパンと牛乳を食べた。

食後、精神安定剤の入った薬を飲み、十時から院内作業で、マッチ箱作り等をしていた。元気な人は、外作業で畑打ちをしていた。

週の半分は、午前中の作業がなく、一つの病室に集まり、看護人さんや看護婦さんと、ミーティングをしたりゲームをしたりした。ゲームは、幼稚園の子供がやるような、遊戯とか、レコードを聞く事が多かった。

週に二回程、医師の診察があり、松谷という担当の医師が診てくれた。松谷さんは、北山と同じM大学の出身であり、気を遣いながら、言葉を選んで診てくれた。

「調子はどうですか」と聞かれ、「まずまずです」と北山が答えると、「あなたは、治療をしないと、考え続けて幻想の世界に閉じこもってしまう病気です」と医師は言った。「病名は何ですか」北山が問うと、「精神分裂病の破瓜型です」と医師は言った。診察は、15分くらいで終わった。

北山にとっては、その言葉はショックだった。

確かに、この病院に入れられたので、分裂病というのはわかる。しかし破瓜型だとは。北山は、大学生なので、精神病理学の知識は、かなり持っていた。

当時、分裂病は、興奮型、緊張型、破瓜型に分類され、破瓜型というのは、外見は人と変わらないのだが、内面的なものが壊れ、元気がなくなり、だんだんひどくなる、不治の病と聞いていた。

診察が終わり、病室に戻ると、他の患者が、どうだったかと聞いたが、北山は、フン、フンと答えただけだった。

病院には、近くの看護学校の実習生が、5〜6人来ていた。次の週に入ると、また別の実習生が来るという具合だった。皆、二十歳前の女の子ばかりで、病室を回っていた。

この娘たちが一番先に興味を持つのが、いつも北山だった。

「ワイワイ」、「キャーキャー」、言いながら、病院内を回り、いつも、北山のベッドの側に、一番長く止まっていた。

北山も、病気の話などせず、ビートルズの話や恋愛論の話などをした。

ハンサムで長身の大学生で、しかも、不治の病にかかったこの男を、女の子達は、自分がヒロインになったように気遣い、上機嫌だった。

「北山は、何であんなにモテるんだろうナ」他の患者の、ため息ともいえる声が聞こえた。「やっぱり顔だナァ」と諦めの声で終わった。

実習生達は、巡回、レクリエーション、医師とのミーティングを済ませ、毎日二時頃に帰って行った。


北山が入院してから4日経ち、父と母が、慌てて関西から駆けつけて来た。大学から連絡が行ったのだと思う。

看護人が、ちょっと詰所に来なさいと言うので、行ってみると、父と母が、そこでしょんぼりと椅子に座っていた。

父も母も、北山を見ると涙ぐんで、「こんな病気があるとは、お父さんもお母さんも、知らなかったんだ」と言った。

北山も、涙ぐみ、「こんな病気にかかってすまない」と言った。

父が、「早く良くなって帰ってくるのを、待っているから」と言った。そして、側を通った精薄の子を指さして、「こんなふうになったら、おしまいだからネ」と優しく言った。

父と母の帰り際に、増本さんがやって来て、「私も、学生時代に、この病気にかかったんです。息子さんは、必ず良くなられますから」と父に話していた。

北山の少年時代を振り返ると、小学生時代は、親から見ると「腕白で賢く、手のかからない子供」であった。

試験は、殆ど百点で、それを見て、いつも親は大喜びしていた。かけっこも、クラスで一番速く、学芸会でも、主役が多かった。

学級委員長を、六年間続け、6年の時には、児童会長にも選ばれた。

ある時、先生が、外国の通信社の話をし、北山に、「ロイターという通信社は、どこの国にあるか」と問い、北山がすぐ、「イギリスです」と答え、「ではUPIは」と聞くと、「アメリカです」と答えた。先生が、「ではタスは」と聞くと、「ソ連です」と答え、「新華社は」「中国です」と、全部当てる離れ業も、6年の時にしていた。

中学も首席で過ごし、高校も、県立の進学校で名門のT高校に、クラスで一番、学年では四番の成績で入学した。

北山は、数学が得意で、中学の時、すでに高校の教科書や参考書を読み、理解する程の秀才であった。

ただ、このような、明るい将来が待っているような、この生徒は、あるつまずきで、順調なコースから外れた。

それは、高校一年に入学したての頃、クラスで一番の成績で入学した者が、そのクラスの学級委員長になり、最初の授業で、一番先に手を上げて質問するのが普通だったが、そのクラスでは、誰が一番か知らされておらず、成績が二番の人が最初に手を上げた。

北山も、早く手を上げて質問しようと思っていたのだが先を越され、後に高校時代の三年間、一度も手を上げて質問しなかった。

入学したての頃は、あれほど明晰だった頭も、だんだんと冴えを失いつつあり、平凡な成績で終わった。

それでも、三年の後半から踏ん張り、何とか国立のM大に入った。

大学に入っても、質問を進んでしない性格のためか、授業についていけず、「このままではダメだ」と思い、「数学がダメなら文学があるさ」と文学青年を目指して、猛烈に読書した。

しかし、授業には出ず時は過ぎ、落第を二度繰り返し、今度このように入院するハメになったのだ。

北山には、高校時代に、一流のT大、K大、O大、W大等を目指して、鎬を削ったような経験はない。だから、そのような大学に入った人達が、どのような努力をし、どのような思いをしたか、わからなかった。

それと反対に、高校で、北山より成績が悪く、不良で、校外でケンカばかりしていた人達の事も、どんな考え方をしているのか、よくわからなかった。


一度大学に入ってから、他の大学に入った、高校の同級生から、よく、女の子との初体験を済ませたという話を聞いたが、北山は、21歳になっても、まだ性体験がなかった。

だからと言って、ホモとかインポでなく、その証拠に、下宿にはエロ本や汚れた下着が、多くあった。女好きな方で、性欲も非常に強かったが、女をひっかけに行くというような事は、やらなかった。

その当時は、雑誌にヘアーヌードというものがなく、北山は、高校時代まで、女の人はちょうど、アングルという人の描いた、『泉』という絵の裸の女のように、腹の下から股にかけては、つるっとしていて、毛が生えていたり性器があるとは知らなかった。股の後ろに三個の穴があるだけだと、思っていた。


こう書くと、これまでの文章で、北山は、何か自分を美化しているように、読者は思われるかもしれないが、関西の美しい田舎の田園風景を見て育った北山は、心はもともと美しかった。

北山は、友達が、初体験を済ませた、という話を聞く度に、「そんなに早く、墓場に行きたいのか」とうそぶいていた。

二十歳の時、北山は、産婦人科の医者の家に、下宿した。そこで医師に、裸の女の子を見せられ、そこでようやく、女の股に毛が生えていることを、理解した。


時は、１９７０年の六月だった。大阪では、三月から、万国博が開かれ、また、ビートルズが解散する等、大きな出来事が相次いだ。北山も病気が良くなったら、万国博を見に行こうと、言うようになった。

　時が変わって、現代では、大阪の池田小学校で、児童殺傷事件が起こり、犯人の宅間守が逮捕されたが、この凶暴事件を起こした宅間は、精神科に入院歴があり、事件後、精神鑑定をされているそうだが、この男は、精神病というより、不良ではないのか。

　精神病者は、不良が大嫌いである。静風荘には、三百人程の患者がいたが、人を殺せそうもない人達ばかりであった。人を殺す前に、自分が殺されてしまいそうな人ばかりで、悪党は少なかった。中には、狂暴性のある人がいて、怒らせると暴力をふるう人もいたが、そういう人は、保護室という部屋に、一人で隔離されていた。

　入院してから一カ月経ち、不治の病と見られた北山の病気も、ようやく回復の兆しを見せ始めていた。

　昨日は、卓球で、これまでどうしても勝てなかった、看護人のSさんに初めて勝った。Sさんが負けてくれたのではなく、真っ向から打ち合い、勝ったのだから、嬉しさも一入だった。

毎日、決まった時刻に三食、与えられた食事を残さず食べるせいか、北山は、５kg程太った。

病院の生活は、遊戯をしたり、歌を歌ったりと、子供のような遊びが大半だったが、北山はまた、こういう事をするのが、楽しくも感じられた。

一週間毎に、替わって来る、近くの実習生の女の子達とも、すぐ仲良くなり、北山は、得意なギターで、『禁じられた遊び』や『エリーゼのために』等を弾き、実習生達を喜ばせ、相変わらず恋愛論等を話していた。


北山は、天才ではなかった。確かに小学生の頃は頭が良く、成績もクラスで一番で、天才と呼ばれていたが、モーツァルトや、ビートルズのジョン・レノン、ポール・マッカートニーのように、美しいカナリアのような声で、全世界の人々にささやきかける、というような事は出来なかった。

ただ、十で神童、十五で才子、二十過ぎればただの人、という格言が嫌いだった。

大学へ入学したての頃は、三カ月で百冊くらいの本を読んだが、ゲーテやナポレオン等の、偉人伝が多かった。精神病理学や心理学の本も読み、分裂病になるのを恐れた。

考え方は、どちらかというと西洋的であった。

ここ静風荘という精神科の病院では、北山が入院して二カ月程経ち、七月七日の七夕の祭りの準備が、進められていた。

大きな竹の笹が置かれ、患者はめいめい、短冊に願い事を書いて、笹に取り付けていた。

北山は、短冊に、「ハッピーエンド」と書いて、笹に付けたが、看護人のSさんに、「チェッつまらん」と言われ、気を悪くしていた。

Sさんと違い、看護人のNさんは、北山と同じ21歳だったが、大物だった。すでに結婚していたが、看護婦さんや患者の女の人を笑わせるのがうまく、偉かった。柔道は二段で、国体にも出場したらしい。

七夕の次の日の昼休み、Nさんが呼ぶので行ってみると、病院の裏口に、自動車が停めてあり、アル中のKさんと共に、外に出させてやると、Nさんが言っていた。

医師や看護婦さん達に内緒で、車で三人で、市街へ出かけた。

街は、明るい日差しを浴び、生き生きとしていた。Nさんは、十分程走ると車を停め、喫茶店に入り、「内緒やぞ」と言いながら、北山とKさんに、アイスコーヒーをごちそうしてくれた。

アイスコーヒーは、冷んやりしていて、とても美味しかった。

すぐ、ターンして病院に戻り、医師や看護婦さんに分からないように、北山とKさんは、病室に戻った。


人里離れた、ここ静風荘で静養する患者さん同士のケンカは、何度もあった。

何かユーモラスな感じのするケンカが多く、今日も、40歳くらいのアル中の患者さんと、同じく40歳くらいの興奮型の分裂病の患者さんとが、シャツを脱いで、上半身裸で殴りあっていた。

看護人さんが、しばらくして止め、大事には至らなかったが、このようなケンカは、ここではよく見かけられた。

北山は、大学生であるので、周囲の人も一目置いていて、このようなケンカはしなかったが、ただいつも、精薄の子が近寄ってきて、殴ってくるので、北山も殴り返していた。

静風荘には、四つの病棟があり、一と二が男子病棟で、三と四が女子病棟だった。それぞれ150人ずつくらいで、合計300人くらいの患者がいた。男女の交流は、殆どなかった。

入浴は、週二回で、北山のいる一病棟は、月曜日と木曜日だった。

ある時、遅れて入浴をすませた北山が、風呂から出ると、実習生の女の子が一人立っていた。北山は、素っ裸を見られたが、女の子は、ニコニコ笑っていた。

後に、誰からか、絵葉書が一枚、北山に届いたが、文面には、「北山さん、お元気ですか。私は今、信州にいます。早く病気を治して、頑張って下さい」と書いてあった。北山は、後で、この前風呂場で会った女の子が、旅行先の信州から、便りをくれたのだと分かった。

病院の患者さんの中にも、入院して来る人、退院して行く人があり、それぞれの家族が来て、悲喜こもごもであった。

七月の終わりのある日、松谷医師の診察があり、「大分良くなりましたネ、この調子を続けて下さい」と、北山に言った。

その夜、ある患者さんの自殺未遂事件が、起こった。

60歳くらいの親父さんが、北山と同じ病室で、夜中に首を吊ったのだ。

「ウー」「ウー」という声で、北山は目が覚めた。自殺に気づいた他の患者さんが、すぐ紐を外し助けた。

この人は、商売がうまくいかず、鬱病になり、北山より前から入院していたのだが、一向に病気が良くならないのを苦にして、自殺しようとしたのだ。

すぐ、当直の医師と看護婦が来て、一命は取りとめた。

北山は、自殺しようとする人を初めて見て、怖くなって顔が青ざめた。アル中の患者さんに、「北山は純情だナァ」と笑われた。

北山は、この事件が起きてから、物事をより真剣に考えるようになった。医師に言われるように、病気を治す事を目標にして来たが、それだけではない。子供の頃から自分は幸福であった。今はジレンマに陥っているが、まだ自分が自殺する事は、ほんの少しでも考えた事がなかった。北山は、それ程生きたがり屋だった。

しかし、ここまで育て、大学の学費、病院の入院費を払っているのは、北山の両親だった。「父も母も辛い思いをしているだろうナ」と思い、「大分良くなった」と両親に手紙を書いて送った。

入院してから三カ月が過ぎ、静風荘では盆おどりの行事があった。やぐらが組まれ、太鼓が置かれ、売店も出ていた。この日は、患者さんが皆、外の運動場に出て、盆おどりを踊る日だった。

太鼓が叩かれ、盆おどりの曲がレコードから流れ、皆が踊り出すと、北山も踊った。あまり上手ではなかったが、練習で覚えた踊りで、運動場をぐるぐる、他の患者さん達と回った。北山は、大分気が晴れた。他の患者さん達も、この日ばかりは、男女の交流もあるし皆楽しそうだった。

静風荘では、バス旅行、運動会、そしてこの盆おどりの行事があった。この、一年で三回の行事を、皆一番の楽しみにしていた。

九月に入ったある日、北山は診察を受け、松谷医師に、「病気も大分良くなって来たようですし、今日から、二病棟の開放病棟に移します」と言われた。

二病棟は、一病棟と違い、良くなって来た人の集まりで、精薄やアル中の人もおらず、レコード鑑賞や遊戯もなかった。代わりに、毎日外作業が一時間程あった。看護学校の実習生の女の子達も、ここには来なかった。

二病棟で、先に移って来ていた増本さんと会い、「よろしく頼みます」とお互いに挨拶を交わした。

休憩場には、テレビと卓球台があり、自由に卓球ができた。

北山は、大学で短い期間、卓球部に入った経験があり、かなり強かったが、患者さんの中にも強い人が多くいて、試合をしてもいい勝負だった。

一病棟にいる頃は、病気の事でよく悩んだ北山だったが、この二病棟では、病気が回復して来たせいか、あまり悩まなかった。

一病棟でも、看護人さんに、「疲れているだけだ」と言われていたが、北山には、幻聴とか幻覚というものはなかった。だが、狂気というものがあった。

大学生で下宿にいた頃、人が寝たり勉強したりしている時に、北山は、ギターをやかましくジャンジャン弾いて、よく他の人の怒りをかった。

ある時は、真冬の寒い日に、夜一人で公園に行き、誰もいない公園で、ギターの練習をしていたような事もあった。読者の中には、よくこんな道草をしてと批判される方もいると思うが。

北山は、精神病にかかった人で、社会に戻って大活躍をしたような人は、知らなかった。大恋愛をしたというような人も、聞いた事がなかったし、スポーツ界、芸能界の大スターになったというような人も、聞いた事がなかった。

まだ精神科と社会の壁は厚く、入院歴のある人は、うさん臭い目で見られていた。北山は、好きでこの病院に入った訳ではない。

二病棟にも、いろいろな人がいた。北山と同じM大学の、医学部の学生で、医者になろうと、病室で勉強をしている人もいたし、九州の名門、S大学を卒業した人もいた。北山は、このS大学の人に、毛沢東の革命論の本を借りて読んだが、少し理解しただけであった。このような難しい本を、完全に理解する知力は、今の北山にはなかった。

分裂病は、あるアメリカの博士によると、丁度、人が毛虫の目の前に指を差し出すと、毛虫は動きを止め、ジッとしてしまう。この場合、人が非難する人で、毛虫が分裂病者である。例えば、相撲の小錦のような人が、前に立ちはだかると、人はドギマギして動けなくなる。そのようなものだそうだ。

ある宗教では、精神病とは、我がままが通らなくなり考えるようになる、とあった。

ある昼下がり、一人の女の子の患者が、ベンチに座っていた。北山は、近寄って行って、女の子の胸を触った。女の子は、ペッと唾を吐いたが騒がなかった。

北山は、このような不良のようなところがあった。今までやっていない事を、北山は、良かれ悪しかれしたがった。

入院して四カ月が経ち、二病棟の北山は、毎日一時間の外作業に出ていた。看護人さんが、鍬で掘り起こしたタマネギやジャガ芋を、集めて一輪車で運ぶ仕事だ。

北山は、農作業はこれまであまりした事がなかったが、暑い日差しの中する作業で一般の農家の人たちの苦労が、分かるような気がした。

病院では、よく寝て、よく食べ、よく遊ぶ北山だったが、この頃には、入院した当時より10kg程体重が増え、70kgになっていた。腹がかなり出て、両親の送ってくれたGパンは、腹のところが窮屈であった。

二病棟では、これという事件もなく日が過ぎ、11月に入ったある日、松谷医師の診察があり、「良くなりましたから、来週、退院させます」と、医師は北山に言った。

「ヤッタァ」と北山は、心の中で叫び、早速、増本さんやアル中のKさんに、その事を告げた。増本さんは、「良かったナァ」と言ってくれ、Kさんは、「はや帰るのか、淋しいのゥ」と言ってくれた。

5月の初めに入院してから、11月の初めに退院するまで、6カ月の入院生活だった。北山は、喜びで涙が出そうになったが、それを隠し退院の日を待った。

11月の10日、午前10時頃、父と母が来て、詰所で事務長と何か話をしていた。北山も、そこに呼ばれ、服を着替えて鉄格子の病院を出た。二週間分の薬をもらっていた。帰りに、増本さんが来て、父と母に、「本当に良かったですネ」と話をしていた。

退院は、父と母の要望によるものでなく、病院側の判断による指示だった。

病院を後にした三人は、タクシーでD温泉に向かい、そこのある旅館で一泊した。

「先に風呂にしよう」と父が言い、北山と父は二人で家族風呂に入った。

父も母も、今度の事で深く傷ついていた。

北山は、「背中を流すわ」と言い、父の背中を、タオルに石鹸をつけて流した。父の大きな背中は、どことなく寂しげだった。

父は、食事の時、「今度の事は、秀太が悪い事をして、警察に捕まったのとは違うから、お父さんもお母さんも、少しも恥ずかしくないからナ」と言った。

食事を美味しく食べ、その夜はグッスリと眠った。

次の日、O市から新幹線に乗り、関西のB市で降り、後はローカル線で、田舎の家に帰った。

久しぶりに、家に帰った北山だったが、家は荒れ放題というような事はなく、母がよく片付け、小まめに掃除していて、北山の部屋もよく整理されていた。

父も母も、遠くへの旅行で疲れていて、あまり話さなかったが、「明日からは、畑仕事をしてくれ」と父は北山に言った。

北山の父は、公務員で町役場に勤めていた。母は煙草屋をやっていて、家には少しの畑があったので、それほど貧しい生活ではなかった。他に五歳離れた兄が、大阪で勤めていた。兄は、関西のR大学を卒業して、大阪の普通の会社に勤めていた。

今度の事で、兄は、「疲れていただけだろう」と、電話で父に話をしていた。

翌日から、北山は、朝から母と家の側にある畑で、タマネギとジャガ芋の収穫に当たった。鍬を打ち、出てきたジャガ芋を集め、後で水洗いをした。収穫した後の畑は、また鍬で打ち返し整えておいた。

秋なので、そんなに暑くはなかったが、それでも汗をかきながら、二時間程働いた。タマネギとジャガ芋は、倉庫に入れた。

その日の夜、父が帰り、母と三人で穫れたてのタマネギとジャガ芋を、天プラにして食べた。

父が、「秀太、また大学に戻るか」と切り出した。北山が、「ちょっと」と口ごもっていると、隣で母が心配そうな顔をしていた。

「やっぱり、やめるわ」と北山がはっきり言うと、父は、「そうか」と下を向いた。そして「まあ、ビールを飲め」と北山に勧めた。

一週間程して、大学側から連絡があり、「このまま、勉学を続けるのは無理そうだし、このままだと、強制退学になります。そうならないよう、自分から希望する自主退学をされたらどうですか」と言って来た。

父もそれを受け、自主退学する事になった。

北山は、四年間の大学生活にピリオドを打つわけで、少し淋しい気持ちだった。大学に戻ったとしても、今までの嫌な事を思い出し、病気がまた再発するかもしれないし、自主退学は賢明だった。

北山は、兵庫県の山田町にある但西病院に通院する事になった。

二週間に一度通院して、診察と、血液検査、心電図の検査等があり、帰りに二週間分の薬を受け取るようになっていた。診察は、院長の川上医師だった。

すでに、静風荘から診察のカルテが届いており、それを見ながらの診察であった。院長は、「君のような、欠点の少ない人間の事を、人が悪く言うとは思えないがネ」と言った。そして、「あなたの場合は協調性です」と続けて言った。最後に、「必ず、二週間に一回通院してください。通院しない人は、病気が再発する場合が多いですから」と言って診察は終わった。

バスで家に帰り、北山は母に、「あァ疲れた」と言った。母はニコニコしていた。

父は役場に行っているので、家は母と二人だった。

「明日は、また畑打ちをするワ」と、北山は母に言った。

夕方になり、父も仕事を終え帰宅した。その夜は、ビールと焼き肉で美味しく夕食を食べた。

北山が精神科に入院した事や、通院している事は、近所の人や周囲の人には、親が内緒にしておいてくれた。外で北山が畑打ちをしていると、通りがかった人が、「帰っているのか」と声をかけてきたが、「ウン、そうや」と北山は答えていた。

仕事がすむと、北山は、この前買ったポータブルレコードプレーヤーで、よしたくろうの『旅の宿』や、山口百恵の『ひと夏の経験』、アグネス・チャンの『愛の迷い子』、『恋人たちの午後』等を聞くのが好きだった。特に、アグネス・チャンの『愛の迷い子』が大好きで、毎朝聞いていた。

12月になり、雪の便りも聞かれるような季節になったが、北山は、畑仕事に精を出していた。あと4カ月程して春になったら、大阪に働きに出ようかと、親と相談していた。

まだ年齢が21歳だったし、この当時は働き口がたくさんあり、何とか就職できそうだった。大阪には兄もいるし、会って話もしてみたいと考えていた。

12月のある月曜日、北山は、精神科に二回目の診察に行った。

病院の待合室には、ストーブが置かれ、診察に来た人達は、その周りで暖をとっていた。老若男女、いろいろな人が来ていたが、皆あまり喋らず、視線を下に下ろし黙々としていた。

北山の名前を呼ばれ、診察室に入ると、川上院長が、「オォ、どうかネ」と声を上げ、北山が、「よろしくお願いします」と頭を下げると、血圧の検査、聴診器で胸の検査をし、家で何をしているか少し話をし、「大分良くなったネ」と言い、「まあ、お父さん、お母さんと一家だんらんの時間をよく持ちなさい」と言われ、診察は終わった。

病院の帰りに、北山は近くのボウリング場に行った。この頃はボウリングブームで、新しい建物があちこちに建っていた。

北山は、シューズに履き変え順番を待った。若いカップル、家族連れの人達等、いろいろな人がボウリングを楽しんでいた。

北山の番になり、第一投を投げると、幸運にもストライクが取れた。「これはイケるぞ」と、北山は思った。

結局、スコアは二ゲーム投げて、155と177だった。ストライクも大分取れたし、まずまずだった。

ボウリング場を出て、バスで家に帰り、母に、「今日は遊んできたワ」と言うと、母はニコニコしてうなずいていた。

12月も終わりとなり、年の瀬を迎え、大変な年であったこの年も、終わろうとしていた。

北山は、一週間程前から、紫式部の『源氏物語』を読んでいた。日に一時間程、辞書を引きながら読み進めていたが、何とかもう少しで完読できそうだった。

「大学生とはもう違うが、一生勉強だと言うし、いろいろな本を読もう」と北山は考えていた。

父と母には「来年はいい年にするワ」と言っていた。職安に行って就職口を探したりもしていた。

年末になり、大阪から兄が帰って来たが、「信州にスキーに行ってくるワ」と言ってすぐ家から出て行った。

大晦日は、父と母と三人で過ごし、テレビで『レコード大賞』や『紅白歌合戦』を見た。母が作ってくれた、焼きおにぎりを食べたりした。

来年は、いい年にするのが、一家の願いだった。

第二章

年が明けて、1971年の元旦となった。

北山は、今年の目標を、就職と健康と親孝行と決めていた。もう大学生でもないし、一人の社会人として、世に出る事を考えていた。

正月は、父と母と三人で、酒を飲みお節料理を食べて、楽しい日を過ごした。

正月明けの四日、但西病院に行くと、院長は、「良くなりました。しかし、この病院に入院したり、通院したりする事は、人に言ってはいけません」と言ってクギを刺した。

精神科に行っている事は、人に言うと、自分の尻の穴を人に見せるようなもので、聞いた人も、いい感情を持たないし、言わないほうが良い事だった。

父も母も、北山が精神科に行っている事は、近所に内緒にしていたし、北山も、それをとやかく言うつもりはなかった。

職安に度々行っていたが、ある時、大阪のコクシンという会社が、募集している事を知った。北山は、その会社に決めて、二月に面接を受ける運びになった。コクシンという会社は、全国に店舗を構える薬局で、まずまず信用出来そうな会社だった。

季節は冬で、畑仕事もなく、北山は、町で買ってきたレコードを聞いたり、本を読んだりして過ごした。本も、難解な哲学書のようなものは読まず、恋愛小説やユーモア小説等を読んでいた。

北山は、あまり人付き合いの良いほうではなかったが、近所に、中学の同級生が喫茶店を開いていて、そこによくコーヒーを飲みに行った。

「帰っているんか」とその店のマスターが聞くと、北山は「ウン」と答えた。「大学を辞めて、今度、大阪の薬局に面接に行くんだ」と言うと、マスターは「頑張れヨ」と言った。コーヒーがとても美味しかった。

そうこうしているうちに二月になり、北山は、大阪に会社の面接に行く事になった。

一緒に母が付いて行く事になり、朝早くの特急列車で、大阪に向かった。電車の中では、母と並んで座り、北山は窓際の席にいた。雪景色の車窓の風景を、母と一緒に楽しんだ。

大阪に着くと、地下鉄で会社のある場所に向かった。近くの駅で降り、そこから歩いて会社まで行った。

会社に入り、「先日、求人の事で電話させて頂いた北山ですが」と言うとすぐ面接室に案内された。面接室には、母と一緒に入り、面接官が、学歴とか家族構成等を聞いた。

精神科に入った事は、秘密にしてあるので言わなかったが、面接官が、「何故、大学を中退されたのですか」と聞くので、北山は、「不摂生で、肝臓や腎臓を悪くして辞めたのです」と答えた。

結局、面接官が、「採用します」と言い、「三月の終わりに会社の寮に入り、四月から店に出て下さい」と言われた。

帰りに母に、「これは、お近づきのしるしです」と封筒を手渡し、後で母が見てみると、現金が一万円入っていた。母が「いい会社やネエ」と喜んでいた。

会社から出て梅田に戻り、阪神百貨店の大食堂で食事をし、「エビフライ」等を食べた。その後母は買い物をし、父への土産を買っていた。

その夜は、吹田の兄のアパートに行き、8時頃帰って来た兄と話をし、近くのレストランに食事に行った。

兄は、「秀太も大変だったナ。まだ将来もあるし、頑張れヨ」と励ました。

兄のアパートで一泊して、次の日の朝、また特急で母と田舎に帰った。

帰ると、父も喜んで、「良かった、良かった。よく採用された」と言い、「まあ飲め」と北山にビールを勧めた。その夜は、旅の疲れもありグッスリと眠れた。

大阪での会社の面接がすんで三日程たち、近所の、まゆみちゃんという女の子が家に来て、「秀太君、新しいレコードを買ったのだけど、聞きに来ない」と誘って来た。「ウン、行くよ」と秀太は答え、まゆみちゃんの家に行った。

まゆみちゃんは、可愛らしい顔立ちの女の子で、高校三年生だった。秀太は昔からよく知っていて、子供の頃、よく学校のブランコで一緒に遊んだ経験があった。

まゆみちゃんが部屋で、「この曲なの」とレコードを見せたので、見ると、布施明の『シクラメンのかおり』という曲だった。

秀太もこの曲が好きなので、三回程繰り返して聞いた。

途中で、まゆみちゃんのお母さんが、ケーキとコーヒーを持って来てくれて、「まあまゆみったら、こんな散らかった部屋に、案内して」と言った。秀太は、「ご無沙汰しています」と答えた。

まゆみちゃんが、「この曲どうやった」と聞くので、秀太は、「とてもいい曲だよ」と答えた。


二月も終わりとなり、長かった冬も、ようやく過ぎ去ろうとし、春の日差しが、降り注いでくる日もあった。

北山は、就職するに当たって、父から、「上司には、完全服従する事」「十働いて、報酬としてもらえるのは、一か二だ」という事などを、繰り返し教え込まれていた。

三月に近づいて来たある日、北山は、近くの町に新しくできたショッピングセンターに、就職に必要な物を買いに行った。

バスで、ショッピングセンターの近くで降り、歩いて店内に入ると、そこは新しく、感じのいい店で、北山は、ズボンや靴下、ハンカチ等を買った。買い物を済ませ、店内にある、「ドレミ」という喫茶店で、コーヒーを飲んだ。後で、本屋で、『週刊朝日』を買い、店を出て行った。

家に帰ると、夕食は、北山の好きな「トンカツ」で、父が、「まあ飲め」とビールを勧めた。母も少しビールを飲み、その夜は、賑やかに談笑して過ごした。

そして、日が経ち三月中旬となり、就職を一週間後に控え、北山は、但西病院に行った。

院長は、「良くなりました。しかし、就職しても、薬は一日四回、食後で就寝前に飲んで下さい」「それから、前にも話しましたが、この病院に通院している事は、人には言わないで下さい」「協調性に気をつけなさい」と言われた。

薬は、父の知り合いの看護人さんが、郵便で送ってくれる事になった。

三月の終わり、北山は、就職のため特急列車で大阪に向かった。手荷物はあまりなく、衣類、洗面用具くらいで、後は、家から送ってくれる事になっていた。

行き掛け、父と母が、「水が合わないかもしれないから、気をつけて」と言った。

特急列車の車窓から見える風景は、目新しく、明るい春の日差しを浴びた、新緑の風景だった。

大阪駅に着いた北山は、すぐ地下鉄の四つ橋線で、会社に向かった。玉出駅で降り、少し歩いて会社に着いた。担当の人に、「今日からよろしくお願いします」と言い、頭を下げた。

すぐに寮に案内され、二段ベッドが二つ並んだ、四人部屋の、二号室に決められた。部屋の他の人は、仕事に行っていなかったが、寮長に紹介された。寮長は、「何か分からない事があったら、私に聞いて下さい」と言った。

北山は、六畳くらいの部屋の隅に、手荷物のカバンを置いた。ベッドは、左側の上の段に決められた。

仕事に行くのは、三日後の月曜日からで、勤務先は、コクシンの伊丹店となっていた。

寮は、男女合わせて50人くらいが住み、男子寮と女子寮に分かれていた。食堂は一階にあり、朝食と夕食が食べられた。風呂は、夕方から自由に入れるようになっていた。寮費は、六千円だからずいぶん安かった。

北山が、夕食を食べに行くと、若い男女が5～6人いた。皆、こちらには気づかず、仕事の事などを話しながら、食事をしていた。食堂は、かなり広かった。

そして、月曜日になり、北山は、朝六時に起き、朝食後、勤務先の伊丹店に向かった。地下鉄で梅田まで行き、そこから阪急電車で伊丹に行った。通勤時間は一時間くらいかかった。

北山は、紺のブレザーと、新しいグレーのズボンをはいていた。そして、教えられていた伊丹店に着いた。


店の中では、白衣を着た5人の人が、薬や雑貨、化粧品等を売っていた。店長の松山さんが出て来て、北山が頭を下げると、「君が北山君か」と言った。そして店にいる、他の4人の人を紹介した。

薬剤師の野木さん、雑貨担当の松田さん、化粧品担当の朝田さんと平野さんだった。皆、20代前半くらいの若い人達だった。

北山は、「北山です。今日からよろしくお願いします」と頭を下げた。店員の人も、「よろしくお願いします」と礼をした。

早速、白衣に着替え、仕事の要領を、松山店長から教わった。薬の棚等のハタキかけ、レジの打ち方、雑貨の売り方、薬の包装の仕方等を教わった。

薬の方は、薬剤師の野木さんが居るので任せて、雑貨の担当になった。

雑貨は、ティッシュや洗剤、歯磨き等があり、それぞれ値札がついていた。お客さんが来ると、応対して売り、金を受け取って、レジに入れた。

伊丹店は、商店街の中にあり、玩具屋や魚屋等、いろいろな店が軒を連ねていた。

昼休みは交替で取り、松山店長が、他の人に店を任せ、一緒に食事に行こうと、北山を誘った。

店長は、26歳だそうで、割と小柄で、頭はスポーツ刈りにしていた。もう、奥さんも子供も家もあるそうだ。

北山に、「出身はどこだ」と尋ね、北山が、「兵庫県のH町です」と答えると、「わしの田舎の近くだ」と言った。カウンターのある食堂で、店長は北山に、肉炒めとライスを奢ってくれた。

店長は気性のサバサバした人で、「何かあったら、わしに言ってくれ」と言った。

昼休みは、四十分くらいで、交替のため、店長と北山は店に戻った。続いて、野木さん、松田さん、女性の平野さんが食事に行った。

店は、早番の人と遅番の人があり、早番は、朝8時から夕方5時まで、遅番は、朝10時から夜7時までだった。北山は、今日は遅番だった。休日は、ローテーションで隔週二休制だった。

店長は、早番で5時で帰って行った。5時からは店も暇で、あまり客もなく、北山は、松田さんと話をしながら、店に立っていた。

松田さんは、R大学出身で北山より年が一つ上だった。この人も、寮から通っているので、一緒に帰ろうかという事になった。

7時に仕事が終わり、店のシャッターを閉め、私服に着替えて、松田さんと連れ立って帰って行った。

途中、伊丹駅の近くの串カツ屋で、松田さんとビールを飲み、串カツを食べた。

松田さんは、ビールを飲みながら、「わしは、どうも女にモテないんだ」と嘆いていた。北山が、「まだこれからや」と慰めると、「北山君は、よくモテるやろ。また女を紹介してくれ」と言った。

食事が済んで、二人とも寮に帰った。

二日目は、北山は早番だった。松田さんは遅番で、店長は休みだった。代わりに、副店長格の青井さんが、早番だった。

北山が、「よろしくお願いします」と頭を下げると、青井さんは、「ヨロシク」と礼をした。

青井さんの指示に従い、雑貨を倉庫から運んできたり、店に並べたりした。

早番は、青井さんと、北山と、化粧品担当の平野さんの、三人だった。

平野さんは、北山を見ると、「好きよ、北山さん」と言ってきた。

ピンクのブラウスの制服姿の平野さんは、聞くと、兵庫県の川西市の家から通っているらしく、いかにも都会的な、背のスラッとした女の子だった。まだ高校を出たばかりの十九歳だった。

青井さんが、「北山は、よくモテるナア」と苦笑していた。

十時からは、野木さん、松田さんが、出勤してきた。

仕事は、綺麗な仕事だし、あまり辛いものではなかった。ただ、客待ちで、店に立っている時だけ、足が痛くて困った。

北山は、平野さんと、休憩時間に話をし、今晩、一緒に飲みに行く事に決めた。

北山は、仕事をキチンとこなし、店員仲間とも仲良くなり、この仕事をずっとやって行けそうな気がした。

夕方になり、平野さんも早番なので、仕事が終わると、北山は、私服のブレザーに着替え、平野さんと一緒に、連れ立って帰って行った。

平野さんの案内で、一軒のパブに入り、二人とも、ウイスキーとピーナッツ等のつまみを注文した。

平野さんは、都会っ子だし、こういう所には慣れていたが、北山は、田舎育ちだし、あまり慣れていないので、少し固くなっていた。

平野さんが、「ネエ、北山君、店長と青井さんをどう思う」と言ってきた。北山は、出勤して二日目だし、あまりよく知らないので、黙っていると、平野さんが、「仕事ばかりなのヨ、少しも面白くないワ」と言った。北山は、ようやくピンときて、「仕方ないやろ」と言った。

店でいろいろ話をして、夏が来たら、北山の家の近くにある海水浴場に、平野さんの友達も誘って行こう、と話した。

飲むのと、話が終わって、帰る時になり、北山は、少しイイ格好をして、「勘定は俺が払うわ」と言った。平野さんは、喜んでいた。

結局、その店の前で別れ、北山は、電車で寮に帰った。


そして一カ月が経ち、今日は月末で給料日だった。店の人は、それぞれ店長から、月給袋を渡され、嬉しそうな顔だった。北山は、店長から、「無駄遣いするな」と言われ、袋を渡された。

給料は、寮費等を引かれても、七万少しあった。初めての月給袋を渡され、北山は、天にも昇る心持ちだった。

この日は、北山は早番で、ちょうど平野さんも早番だった。仕事が終わると、二人一緒に、またこの前のパブに行った。

店に入って、ビールとウイスキー、ピーナッツや唐揚げを注文した。二人とも、少し火照った顔で話をし、平野さんが、「給料は、どうだった」と聞いた。北山が、「アア、七万少しあったよ」と答えると、平野さんが、「やっぱり、男の人はたくさんあるワネ。私は六万だったワ」と言った。「今日も奢るヨ」と北山は言った。

平野さんは、車で通勤しているが、今日はバスで来たらしい。いかにも都会っ子で、いろいろな事や遊びを、よく知っていた。北山は、田舎育ちなので、その都会的な雰囲気に、魅了された。

七月になったら、北山の家に近い海水浴場が海開きをするので、一緒に泳ぎに行こうと話し合った。

北山は、ハンサムだが、助平でもあったので、平野さんの水着姿が楽しみだった。

一時間程飲んで話して、平野さんはバスで家へ、北山は電車で寮へ帰った。


給料日も過ぎ五月に入り、北山は、また仕事に精を出していた。初めて貰った給料で、北山は、父にはズボンのベルトを、母には膝掛けを送った。

店は、薬剤師の野木さんが辞め、代わりに、年配で60歳くらいの大木さんという薬剤師が入って来た。

北山は、松田さんと主に雑貨を売る仕事をやっていたが、薬を売る仕事は、店長らがやっていた。

店長は、薬のビラを自分で作り、そのビラも、漫画で描く等の才能があった。化粧品担当の朝田さんと仲が良く、よくイチャイチャやっていた。

北山は、松田さんと仕事に励み、時々、店頭で、「いらっしゃいませ、今日はクリネックスがお安いですよ」等と声を張り上げていた。

毎日、寮と店の往復で、寮は寝るだけの所だったが、時々、松田さんの部屋へ行き、テレビで、「阪神―巨人戦」等を見たりしていた。

そして、五月、六月も過ぎた。北山は、月末の給料日には、必ず、平野さんと、いつものパブに行って、ウイスキーを飲んだ。

仕事では、北山は、つまらぬ失敗をする事もあり、そういう時、店長は、よく北山の性格を見抜き「おまえ、精神病院に入っていた事があるだろう」と言ってきた。北山は、「ありません」とキッパリと答えた。店長もそれ以上は言わなかった。

松田さんは、店長や青井さんによくイジめられ、「辞めたい」「辞めたい」と言っていた。北山と一緒に寮に帰る時、よくお互いに愚痴を言い、上司の悪口を言う事も多かった。

そして、七月に入り、北山と平野さんは、中旬の土、日と一緒に休みを貰い、日本海に海水浴に行く事にした。

店長は、「二人とも仲がいいなあ、まあ、平野さんとよく遊んで来い」と言い、許可を出した。

連休前の金曜日の夕方、北山と平野さんは、早番で仕事が終わり、一緒に阪急電車で梅田に行った。

大阪駅で、平野さんの親友の江坂さんと、平野さんの妹の幸恵ちゃんと会い、一緒に福知山線の特急列車に乗った。夜の6時頃だった。

列車内で、互いに自己紹介をし、駅弁を食べたり、トランプをしたりした。北山は、女の子三人と旅行したのは初めてだった。

列車は、福知山から山陰線に入り、三時間くらいで、北山の田舎の駅である、江原駅に着いた。

家には、前もって連絡してあり、父と母が、用意をして待っていた。

駅からは、バスが終わっていないので、タクシーで家に帰った。

家に帰ると、母が女の子三人に、「よくいらっしゃいました」と言い、父は北山に、「よく帰ってきた」と言った。

軽い食事を済ませ、夜遅かったので直ぐに、家の奥の部屋に女の子三人、二階の部屋で北山は眠った。

一夜明け天気も良く、北山と女の子三人は、バスで江原駅まで行き、そこから列車で、日本海に面した竹野まで行った。

竹野浜は、遠浅で綺麗に海が広がっていた。早速、四人は海水着に着替えた。一番先に着替えが終わった北山は、砂浜で平野さんらを待っていると、「キャッ、キャッ」と言いながら、三人が着替え室から出て来た。

平野さんは、青色の地に白い水玉のワンピース、江坂さんは、ピンクのワンピース、幸恵ちゃんは、青のセパレーツだった。

北山は、平野さんの水着姿に見とれ、ジーッと見ていると、それに気づいた平野さんが「マア、おじさんみたい」と笑うと、皆、大爆笑となった。この頃には、北山は、皆と打ち解け、冗談も飛ばすようになっていた。

北山は、近くの海小屋でスイカを買ってきて、三人にスイカ割りをしようと言った。

5メートル程離れて、目隠しをし棒を持って、まず北山が挑戦した。ここぞというところで、北山は、棒を振り下ろしたが、砂の上だった。

続いて江坂さん、幸恵ちゃんが挑戦したが、二人ともうまくいかなかった。

最後に、平野さんが、棒を上段に振りかぶって、タタタッとスイカの前に行き、振り降ろすと、見事にスイカに当たり割れた。女の子二人は、歓声を上げて喜び、北山も、「スゴイなあ」と言った。

割れたスイカは、砂を払って、四人で食べた。

海は、波も穏やかで、晴れていかにも海水浴日和だった。海小屋が立ち並び、パラソルがあちこちに多く立ち、人も多く、賑やかだった。

四人は、スイカ割りを終えて、昼食として焼きそばとかき氷を食べた。

昼からは、四人は、ボートで飛び込み台の方へ行った。北山は、イイ格好をして、飛び込み台の上に立ったが、三メートル近くの高さがあり、尻込みをしていると、ボートから三人の女の子が、「北山君、男でしょう、飛び込みなさいヨ」「飛び込め」「飛び込め」と言う声が聞こえた。

北山は、二十秒程した後、頭から飛び込んだ。ガシッと音がし、浮き上がってきた北山を見て、女の子が、また歓声を上げた。

そして、楽しかった海水浴も終わり、四人は帰り道についた。列車で江原駅まで戻り、そこからバスで、北山の家に帰った。

家では母が、日焼けしてきた四人を見て、「サア、早く入りなさい。風呂も夕食も準備が出来ていますから」と言った。

北山の家の風呂は、新築で少し広い風呂場だった。女の子三人が、一緒に入り楽しく話をしているようだった。

一時間程しても、女の子三人が、風呂から出て来ないので、父が少し腹を立て、母に「言ってこい」と言った。母が、「食事が冷めますから、早く上がりましょうネ」と言うと、しばらくして、三人が風呂から出て来た。北山は、風呂は後に入る事にした。

父、母、北山、女の子三人の、食事時は賑やかだった。都会っ子の女の子三人は、人見知りせず、父と母とよく喋った。料理は、甘エビとハマチの刺し身、吸い物がつき、女の子向けのオムレツも作ってあった。

この日は、北山にとっては、一生に残る楽しい思い出の日で、夜は、疲れてグッスリと眠れた。

次の日は、朝から曇っていたが、六人で、焼き魚、味噌汁、海苔、卵などの朝食を食べた。北山は、三人を、神鍋高原へ案内する事にした。

バスで神鍋まで行き、少し歩いて山の近くまで行った。空気が良く、トンボや蝶が飛び交い、いろいろな花が咲いていた。

「ここは、冬はスキー場なんだ」と北山は女の子三人に言い、「昔はよく滑りに来たもんだ」と言った。

「また冬に、一緒にスキーに来ない」と平野さんが言うと、「そうしようか」と江坂さんと幸恵ちゃんが言った。「約束しよう」と北山は言った。

そして、三時頃の特急列車で、四人は、大阪に帰って行った。


海水浴から一週間が過ぎ、北山は、また仕事に精を出していた。店長も機嫌が良く、「海水浴は良かったか」と聞くので、「良かったです」と北山が答えると、「平野さんの水着姿は、どうだった」等と、冗談を飛ばしていた。

店の帰りに、松田さんと一緒に帰ったが、松田さんは落ち込んでいて、「辞めたい」、「辞めたい」とまた言っていた。

北山は、「寮の近くに、美味しい寿司屋があるんだけど、行かないか」と誘った。

「よし、連れて行ってくれ」と松田さんが答えたので、二人一緒に、その寿司屋に行った。松田さんは盛り合わせを、北山は巻き寿司を注文した。

「北山はいいわナア、女の子三人と、海水浴に行ったり。店長も、弟のように思っているぞ」と松田さんが言った。

「また、いい事もあるサ」と北山は答えた。

松田さんは、「和歌山の家に帰って、仕事を見つけようと、思っているんだ」と言った。

北山は、「俺もどうなるか、わからないヨ」と答えた。

寿司を食べて、勘定を払い、二人一緒に寮に帰った。

第三章

そして、一カ月が経ち、8月の終わりとなり、店は、夏の大売り出しをやっていた。

雑貨を大安売りするので、店は、いっぱいの客で賑わった。

ここで、北山にとっては、大変な出来事が起こった。

というのは、店頭で、雑貨を青井さんと売っていると、青井さんが、北山の事を、「おじさん」、「おじさん」と言って笑ったので、北山は、「ムカッ」ときて、青井さんの事を、「醜男」と言うと、青井さんが、殴りかかって来た。北山も、負けずに殴り返していたが、仕事の最中なので、青井さんが、倉庫を指さして、「あっちに行こう」と言った。

そこでまた、殴り合いになったが、両者は譲らなかった。青井さんが、「よし止めよう」と言ったので、北山も止めた。

店に戻って、北山は、「ムカムカ」しながら、また客の応対をした。結局、その日はそうして終わった。

次の日から、北山の立場は一変した。店長は、知らなかったようだが、店長候補の青井さんは、陰で、「ちくしょう」、「ちくしょう」と言っていた。

北山は、出来るだけニコニコしていたが、かなり気にしていた。

こんな状態が、ずっと続くのはイヤだし、上司とケンカしたのだから、事は穏やかではなかった。

北山は、楽しい事の多かったこの店だが、結局、辞める事にした。休みの日に、本社の人に辞表を渡すと、本社の人は、「これは、大変な事だ」と大慌てだった。

北山の意志は変わらず、店長にも、店を辞めますと伝えた。店長は、「北山は、この仕事は向いていないからナ」と答えた。

平野さんにも、辞める事を告げ、平野さんも残念がったが、「北山さんの、好きなようにして」と言った。

結局、9月3日に、店を終えて辞めた。平野さんに、「もう、会えないかもしれないけど」と言うと、「元気でネ」と平野さんも言って、それきりの別れとなった。

北山は、馬鹿正直で純粋なので、こんな事になったが、もっと賢い人なら、うまく、こんな場合は振る舞っただろう。

家に電話すると、父も母も驚き、「辞めたらダメだ」と言ったが、すでに、辞表を出した後だった。


北山には、遥なる道があった。それは、これまでのような、勉学に励んだ坊っちゃんのような道でなく、「デコボコ道」や、「曲がりくねった道」や、「坂道」もあるだろう。

遥遠くまで続くが、その道を通って行くのが、たぶん人生なのだろう。

この先、何歳まで生きるのか、分からないが、喜びや悲しみや苦しみの多い人生が良い。無感動な人生は、北山は、嫌いだった。


―完―

ロンドン編

ハロー、私は今、ロンドンにいます。

バスで、ロンドンのへそと呼ばれる、ピカデリーサーカスという所へ、降り立った所です。もちろん、ロンドン名物の、赤い二階建てバスです。

私の名前は、北山秀太と言います。四十五歳の、大津にある電器会社の中堅社員です。

今回は、部下の二十一歳の、若手社員の木田宏君との海外旅行です。季節は、五月始めのゴールデンウイークの頃です。

昨年は、八月の中旬に、オーストラリアに行き、二年続けての木田君との外遊です。

ロンドンに行くのは、関西空港からのＪＡＬ便で行きました。関空から、新潟上空を飛び、ロシアに入り、長い氷河の上を通り、スウェーデン上空から、イギリスのロンドンのヒースロー空港に、降り立ちました。

ヒースロー空港の税関の手続きを終え、係員の指示通り、迎えに来た外車で、キングスクロスという街にあるホテルに、無事着きました。

時刻は、夜の八時頃でしたが、緯度の関係で、外はまだ明るく、日本との違いを、実感しました。

このホテルに、5泊する予定で泊まりましたが、次の日の朝は、春だというのに、4時頃には、日が昇りました。

朝食の給仕が始まり、女の人の声で「ジャパニーズ、ジャパニーズ」という声が聞こえました。異国の人が来たというように、思っているようです。

やがて、ドアが開き、朝食が運び込まれました。前日に予約してあった、パンとコーヒー、野菜とフルーツという、立派な朝食です。それをたいらげ、部屋のテレビを見ていると、イギリスの、首相選挙の結果を、テレビでやっていました。イギリスに来たんだなあという実感がわいてきました。

今日の予定は、観光バスで、ロンドンの名所を巡る予定です。日本とは違ったデザインの地下鉄で、ピカデリーサーカス駅まで行き、そこからは、三十歳くらいの利口そうな、日本人の女の人が案内して、バスで出発しました。

イギリスは、北にあるので、寒くて暗い国だと日本では想像していましたが、実際は、とても明るい雰囲気の人と街でした。

おそらく、第二次世界大戦での、戦勝国であるという事を実感するような、日本とは違った雰囲気の人と国でした。

バスは、国会議事堂のある近くの、ビッグベンという時計台の下に、到着しました。

その向かいにある、ウエストミンスター寺院という、キリスト教会に入りました。丁度、朝のミサが行われている所で、異国情緒のあるミサでした。牧師が、ミサを捧げているところでした。

旗を持った、ガイドの案内で、奥に進み、大勢の人の中なので、迷子にならないか、心配でした。ガイドは、必ず旗を目印にして、ついて来なさいと、注意しました。

奥に進むと、イギリスの歴代の国王や、有名人の墓地という場所があり、そこを見てまわりましたが、イギリスでは、墓石はなく、白いプレートが、地面にあるだけで、そのプレートを踏んでもよいようになっていました。

その中に、バイロンという、十八世紀の吟遊詩人の墓があり、私は、バイロン詩集や、バイロン伝という本を、昔、学生時代に読んだ事があるので、その墓のプレートの上に立った時、大変な感動を覚えました。まさか死んだバイロンと、このように身近にいる事に驚きました。背筋がゾクゾクとするような、不思議な感動でした。

ガイドの案内について、その場を離れ、木田君と共に、次の目的地、バッキンガム宮殿へと、バスで向かいました。

ウエストミンスター寺院を離れ、バスは、バッキンガム宮殿に、到着しました。大きな宮殿で、ガイドが、ひょっとしたら、エリザベス女王の姿が、見られるかもしれませんと言いました。

敷地に入ると、少し離れた所で、楽器を鳴らした衛兵の行進が、見られました。

木田君は、上気した顔で、めずらしそうにしています。ガイドと年が近いので、すぐ二人で話を交わすようになりました。ガイドが、私にも話しかけてきましたが、私は老眼なんですと言うと、三人で大笑いになりました。

私が、いままで経験した事のない、平和な幸福なひと時で、私は、日本で仕事に悩んでいた事も忘れ、三十万円の旅行代金が、この一日の経験で、すっかりもとが取れたと思いました。

エリザベス女王の姿は、残念ながら見られませんでしたが、私達は、足取りも軽く、晴れ渡った空の下、その場を後にしました。

バス旅行も終わり、旅行者の皆さんとも別れ、ホテルに帰って来たのは、夕方の5時頃でした。

ホテルの部屋は、二人では広々としていて、ベッドやテレビもあり、バスルームもついていました。

夕食を食べ、木田君の隣のベッドに横になり、私が、木田君に「今日はどうだった」と言うと、木田君も満足そうに、「よかったです」と答えました。

「明日の予定は？」と話しかけると、木田君は、「ここから近いし、大英博物館に行きましょう」と答えました。

その晩は、シャワーを浴び、日本人とは、別人になったような感じで、ぐっすり眠りました。

次の日の早朝、ホテルから出発し、キングスクロス駅に向かう途中、向こうから、ロンドンっ子が二人、ローラースケートに乗りながら、こちらに向かってきました。

子供たちは、私たちを見て、「チャイニーズ」「チャイニーズ」と、はやしたてて来たので、木田君は、「ジャパニーズ、ジャパニーズ」と言い返していました。

私たちは、子供たちには、中国人に見えたのだと思います。

ピカデリーサーカス駅に着き、そこからは、歩いて大英博物館に向かいました。

途中、道に迷ったものの木田君が機転をきかせ、道路脇に地図を見つけて、場所を探し当て、大英博物館に到着しました。白い立派な建物でした。

今度は、ガイドなしの見物でしたが、入場料は無料でした。

中に入ると、最初に、ロゼッタ石という、表面の平らな、大きな石がありました。

その平らな石には、文字が書かれ、世界最古の文字だと説明をうけました。

次に目についたのは、古代のヨーロッパでは、ライオン狩りというのがあったそうで、よく、野生のライオンが、人をおそったらしく、人が馬車に乗り、ライオンを槍で突いてやっつける絵がありました。

その他、古代ギリシャの彫刻とか、興味深い作品が、多く並んでいました。

ヨーロッパの、古代の作品を見終え、木田君に、今日は、これだけで帰ろうと言いました。

ロンドンの街は、日本の東京などと違い、条例で、ビルの高さ制限があり、せいぜい、七、八階建てのビルが多く、石造りとみられるビルが、何キロも何十キロも並んで建っていました。ロンドンの人口は７５０万人くらいで、ちょうど大阪くらいの街です。公園は広く、木田君と散策して、ホテルに帰りました。

三日目はどうしようかと、木田君と相談し、偶然、目にとまった、テムズ川の遊覧船の乗り場を見つけ、明日は、テムズ川の船下りをしようと思いつきました。

翌朝、9時頃、乗り場に着き、手続きを終え、遊覧船に乗り込みました。

テムズ川は、イギリスでは一番有名な川で、よく小説にも出てきます。川幅は２００mくらいで、ロンドンの水がめです。

遊覧船は出発し、20～30人くらいの客が乗っていて、中には、日本人の中年の夫婦だと思われる人たちも乗っていました。

私は早速、旅行前に勉強していた英語を使い、給仕に「ワンビール」と注文し、出てきたビールを、美味しく頂きました。ビールは、2杯注文し、最後は「ノーモアビール」と言って断りました。

給仕は、背の高い黒人の女の人で、私が「ユーアービューティフル」と言うと、女の人は、わかったらしく、気嫌良く、サービスに紅茶を出してくれました。

船はロンドン塔を通り、折り返して船着き場に戻ってきました。

ロンドン旅行も、終わりに近づき、四日目は、日本人旅行者との、レストランで会食があり、ロンドン旅行の感想を聞かれました。

午後からは、有名なネルソン提督の銅像がある、トラファルガー広場に行き、ナポレオンとの海戦で勝利した、記念の広場を見ました。

次の日は、ロンドンから離れた、北部の公園に行き、木田君と散策しました。

最終日は、日本に帰る日で、朝からホテルのロビーに座り、ヒースロー空港に行くのに迎えにくる旅行会社の人を待ちました。ホテルの会計も、木田君が、片言の英語で済ませてくれました。

訪れた、旅行会社の人の車で、ヒースロー空港に向かいました。

車中、旅行の感想を聞かれ、とても良かったですと、私が答え、旅行会社の人は、ひょっとしたら、車中からコンコルドの旅客機が見られるかもしれないと、言いました。

コンコルドは、見当たりませんでしたが、車はまもなく空港に着きました。

ヒースロー空港では、買い物をしましたが、シャネルやルイ・ヴィトン等の高級店が並んでいて、その美しい店舗に感動しました。

私は、赤と青の二つのキーホルダーと、みやげのお菓子を少し買いました。

木田君と二人で、ＪＡＬのジャンボ機に乗り帰路につきました。

機内の窓から見える、異国の風景を見ながら日本へ帰って来ました。

オーストラリア編

私が、ロンドン旅行に行った前年、木田君と、オーストラリア旅行に、行きました。

時は平成八年八月の頃です。

会社の休暇で、盆前でした。

夜8時頃、オーストラリア航空のジャンボ機で、出発しました。乗務員は、ロンドン旅行の時と違い、オーストラリアの人達です。

出発してまもなく、機内で仮眠をとり、あまりよく眠れなかったのですが、飛行機は、関空から南へ、フィリピン、ニューギニアの上空を通り、出発から8時間くらいで、オーストラリアの、ブリスベン国際空港に到着しました。朝の6時頃です。

空港の手続きを終え、旅行会社の人の案内で、空港を出て、待ち合わせのバスに、乗り込みました。

オーストラリアの初印象は、バスの車中から見える景色で、何か日本のゴルフ場みたいな所だと思いました。

バスは、最初のスポットである、ドリームワールドという遊園地に到着しました。日本では、八月の夏の真っ盛りですが、オーストラリアは、秋の終わりという気候でした。

ドリームワールドでは、カンガルーが多く飼育されていて、何か、日本の鹿に似ているなと思いましたが、人なつこく寄って来て、私も木田君も、触って遊びました。

しばらく、奥の方へ行くと、エリマキトカゲのいる檻があり、一匹いましたが、少し暗くて、よく見えませんでした。

次に、コアラの多くいる所に行き、係員が「ダッコしてみなさい」と言うので、そうしてみると、眠そうな目で、大人しくのってきました。日本円で１０００円くらいで、私がだいている写真をとってもらいました。

遊園地では、子供の乗るような、小さな汽車に乗り、ゆっくりと、園内をまわりました。

遠くでは、日本人の女性だとみられる、「キャー、キャア」と叫ぶ声が、聞こえました。

ジェットコースターに乗る、日本人の若い旅行者だったと思います。

何か、同じ日本人として、恥ずかしい気がしました。

オーストラリアは、南半球にありますので、木田君と芝生の上に寝ころびながら、何かその事が、不思議な感じがしました。

4泊5日の旅行ですので、急ぎ足ですが、夜は、ゴールドコーストの、24階建てのホテルに泊まりました。22階にある部屋から、ベランダに出てみると、夜景がよく見えました。

二日目は、シーワールドという、水上ショーを見に行きました。バスで旅行者の人達と行きましたが、観客席があり、大きな水上ショーのプールが、ありました。

ショーは、イルカショーがあり、その後、水上車で、ロープを引っぱり、8人くらいの女の人達が、三段に肩に乗り、すごいスピードで走るショーがありました。

冷やっとする程、楽しいショーで、カメラにも、写真を多く残しました。

ショーも終わり、その後バスで、サーファーズパラダイスという、世界で一番美しい砂浜という海岸に行きました。その砂の細かさに私は驚きましたが、海では、多くのサーファーの人達が、サーフィンを楽しんでいました。

二日目は、こうして過ぎ、三日目は、いよいよシドニーに行く日です。プロペラ機で、ブリスベン空港から、シドニー空港に向かい、外の景色を見ながら、私は木田君と話をしていました。一時間くらい飛行機に乗って、いよいよ、シドニー市の街並みが見えてきました。なだらかな、丘の多い街並みで、その広さにビックリしました。

シドニーの人口は、380万人くらいで、ブリスベンとは比較にならない程、大きな街だと思いました。やがて、飛行機は、シドニー空港に降り立ち、そこからバスで、ホテルに向かいました。

四日目は忙しく、シドニー空港の近くにあるオペラハウスという、劇場に行きました。

日本人の建築家である、黒川紀章という人が設計した、鳥がつばさを広げたような形の、めずらしいドームでした。

中には入れませんでしたが、外で写真を多く写し、木田君と共に満足しました。

ホテルへの帰り、木田君とレストランに入り、そこで、オージービーフのステーキを注文しました。「ユーアービューティフル」と私が、給仕の若い女の人に言うと、木田君が驚いて、目を剥いていました。

夜は、ホテルから外出し、ハーバーズブリッジの橋を渡り、南十字星は出ていないかと夜空を見上げました。

南十字星は見つからず、橋を渡り終え、日本では、見た事のないような、大きなショッピングモールが見えてきました。

中に入ると、いろいろな店が並び、レストランでバイキング料理を食べました。他の店では、衣類や雑貨スポーツ用品などの店が並び、庶民の大型スーパーという感じです。

こうして、オーストラリア旅行も終わり、五日目の朝、シドニー空港から、オーストラリア航空のジャンボ機で、日本に帰ってきました。

途中、窓から外の景色を見ながら、オーストラリアという国は、何と岩山の多い国だろうと思いました。

ニューギニアの上空を通り、赤道を越え、また北半球に帰ってきました。

今度の旅行で得た事は、まず、南半球の国へ行ったという事で、心の世界が広がったような気がします。

また機会があれば、オーストラリアに行ってみたいと思います。

親友の世界一周旅行編

私が、阿戸君と知り合ったのは、今から二十年程昔の事です。

親友と言っても、私、北山秀太と、阿戸君とは、二十歳近く年が離れ、おじさんと青年といった所です。

同じ電器会社に、派遣社員として勤め、一緒に自動販売機の、ライン仕事をしていました。

私が、大津市の阿戸君の家に、数回訪ねていった事がきっかけで、仲良くなりました。

五年後、私が会社を辞め、兵庫県の豊岡市の日高町という町の実家に帰った後も、交際は続き、大きなバイクで、よく私の家に訪ねてきました。

日高町というのは、冒険家の植村直己という人の生家がある、という事で知られ、町内には、神鍋スキー場があるという事でも知られた観光地でした。

阿戸君は、よく訪ねて来て、一緒にスキーをしたり、植村直己の冒険館へ行ったりして遊びました。

その阿戸君が、今から六年程前、「北山さん、私はバイクで世界一周旅行へ旅立ちます」と言った時には、正直いって驚きました。

三カ月後の八月に、世界旅行に行く前日、私の家に泊まって、次の日にバイクで、鳥取県の境港という港から出港しました。

船は、ロシアのウラジオストックという港に着き、阿戸君から「ウラジオストックに今着きました」という連絡がありました。

大きな外国製のバイクで、荷物やテント他をつめ込み、野宿しながら行きました。モンゴルに向かい、冒険は始まりました。

モンゴルまで、一週間程走り、途中で、不審者として、ロシアの国境警備隊につかまった事もあるようです。

私の所にも、国際電話がかかってきて、阿戸君は、「大丈夫です。これからロシアに向かいます」と、言ってきました。

電話は、阿戸君のタブレット端末から、私の家の固定電話にかかってきました。

こちらからも連絡できるように、機械を設定してくれました。

モンゴルを出発して、いよいよ、ロシアの大平原を、バイクで行きました。

食事は、現地のスーパーマーケットで買い、湯も沸かし、食べていたそうです。

数千キロあるロシアを横断し、天候にも悩まされながら、二カ月程で完走しました。

途中、暴漢にも襲われたそうですが、何とか助かりました。夜は、バイクに積んでいたテントで寝たり、安宿に泊まったりして、行ったそうです。

やがて、バイクは、ロシアの首都、モスクワに着き、赤の広場の様子が、携帯電話の写真で、私の所に送られてきました。

命がけの旅行なのに、阿戸君は、持ち前の明るい性格と楽天的な性格で、苦労を感じさせず、連絡してきました。

やがて、バイクはアジアを離れ、ヨーロッパに入ってきました。

今度は、ドイツのベルリンから、写真が送られて来て、冬場のアイスバーンの高速道路を走っているそうです。

ドイツからフランスに入り、ドーバー海峡をフェリーで渡り、イギリスに着きました。

ロンドンには、阿戸君のいとこが住んでいるらしく、訪ねて行って、その家に、一カ月程世話になり、ロンドン見物をしたらしいです。

ロンドン見物も終わり、次にスペインに向かいました。

スペインでは、バイクのライダーの集まる大会があり、阿戸君は、一番遠くから来たライダーという事で、表彰されたようです。

スペインでは、安宿に泊まりながら旅行したそうですが、いろいろな写真が、私の携帯に送られてきました。

その後、イタリアに行き、ナポリやローマを見学しました。

携帯には、イタリア南部の港から写した、アフリカ大陸の写真も送られてきました。

次にまた、スペインに戻り、南米に行くという電話があり、私は、旅行ももう八カ月過ぎ、南米に行くより、北米に行った方が良いと反対しました。

阿戸君は、南米行きを決意しましたが、それからが大変です。

スペインから、南米のアルゼンチンまで、飛行機で渡り、手続きを済ませ、南米の土を踏みました。

それからは、安宿に泊まったり、テントで宿泊したりして、苦難の連続でした。気候にも悩まされて、雪が積もっている道を走るのも、しばしばでした。

アルゼンチンには、二カ月程滞在したようですが、私の所にも、よく電話がかかってきました。

南米の人は、スペイン語かポルトガル語で話すので、阿戸君は、身ぶり手ぶりで、英語を使いながら、話したそうです。

アルゼンチンの次は、チリに渡り、氷河やアコンカグア山を見物したそうです。

そうこうしているうちに、一年近く経ち、阿戸君は、南米のあちこちを、冒険のような旅をしました。

南米の最南端にも行き、ペルーのマチュピチュや、アルゼンチンのイグアスの滝等にも行きました。

南米の北部の、エクアドルという国に、一番長く滞在し、親切な現地の人に誘われ、その人の一家の家に4カ月程泊まらせてもらったそうです。

エクアドルに滞在していた最後の頃に、阿戸君の実家から電話があり、阿戸君のお父さんが脳梗塞で倒れたという連絡が入りました。

しばらくたってから、阿戸君は、日本に帰る事を決断し、飛行機の便を調べ、エクアドルから、まずアメリカのアトランタに向かい、そこから、ロサンゼルスに行き、そこからの飛行機の便で、日本に帰ってきました。

幸い、お父さんの症状は、ひどくなかったので、またバイクや荷物を取りに、エクアドルに戻って行きました。

ところが、エクアドルでは、バイクを置いていったのが、駐車違反とされ、警察に、オートバイを没収されてしまいました。

阿戸君は困って、それでも現地の警察は、態度を変えず、阿戸君は困りはてて、しまいました。

結局、阿戸君は考えて、カナダのバンクーバーで、格安の飛行機で帰る事を、決断しました。

メキシコとアメリカは、バスで縦断し、幸い荷物は取り返せたので、日本を出発してから、二年振りに戻ってきました。

二年振りに私は阿戸君に対面しましたが、元気そうな様子で、少し服装や人が変わったなぁと思う程度でした。

二年間の海外旅行生活を終え、その後、一年間程仕事につかず、私の家にも何度も泊まりに来て、いろいろな写真やみやげをくれました。

今、阿戸君は、ビルの解体の仕事の現場監督をやっています。

大津から、兵庫県の出石町にそばを食べによくやって来ます。

八代さんの思い出

私と八代さんが、初めて会って会話をしたのは、ここ江原駅の近くの、喫茶アシでの事でした。私は、家から10キロ離れた喫茶アシに、毎日のように通い、一方八代さんも、毎日のように行かれていました。

私、北山秀太は都会での仕事も、五十歳で終わり、田舎に帰りました。工場勤務でした。家は煙草屋で、父と母の後を継ぎ、生計を立てていました。

喫茶アシで、八代さんと会い、話をするようになりました。「北山君は、家はどこだネ」と八代さんが聞くので、「神鍋山の近くです」と答えると「今度一緒に神鍋山に登らないか」と言われるので「ハイ」と答えました。

神鍋山というのは、兵庫県北部の、スキー場のメッカといわれる山です。

季節は春で、家の前で待っていると、八代さんがレクサスという車で上がってこられました。

「神鍋山のふもとまで行こう」と言われるので、同乗して行きました。「わらびがあるかな」と八代さんが言うので「ありそうですネ」と答えると、登山の服装に着替えられ、つえをつきながら上がって行きました。私もそれについて行きました。

八代さんは、年齢が八十歳ですが驚くほど元気な足取りです。

登山道といっても、小学生が上がれる程、なだらかな道がついています。

八代さんは、北但馬建設という会社の会長で、喫茶店で会ったのと違い、小柄ながら、足取りも軽く上がっていかれました。

途中、50m程上がって、少し休もうと言われ、日陰に入りました。

そこから見下ろすと、神鍋部落が目の前に広がり、思わず「ヤッホー」と言いたい気分です。

十分程休んで、また上がり、噴火口まで上がりました。

神鍋山は450m程の山で、途中休憩所がいくつかあります。

「噴火口を一周しよう」と八代さんが言うので行きました。

大きな休憩所で一回休み、用意してきたおにぎりやお茶を頂き、周囲を見渡しました。

神鍋山より高い山が、まわりを取り囲み、ながめは最高でした。

「サァ行こう」と八代さんが言うので歩き始め、途中神鍋神社という、おやしろが印象的でした。

八代さんは、登山にはくわしく、いろいろ植物を説明してくれました。

下りは、わらびを取りながら、下りて行きました。


登山以来、親交が深まり、毎日のように喫茶店で会い、話がはずみました。店のパートの女の子が話に加わり、幸福な日々でした。その後七、八回、一緒に神鍋山に登り、親交を深めました。

八代さんの家にも案内され、奥さんにお茶を頂きました。八代さんは、若い頃からろくろ造りをやっておられ、珍しい茶碗やつぼを見せてもらいました。天皇家にも献上されたそうです。

八代さんは、若い頃から田中角栄の下で働き、土地でお金をもうけたそうです。

家も立派な家で、植木の剪定もよくできていました。夢物語のような生活を送り、朝は毎日温泉に行き、牛肉は但馬牛の一番よい肉を食べておられるそうです。

家族にも恵まれ、まさしく幸福な人でした。

こんな八代さんですが、転機がおとずれ、私に、胃がんにかかったようだと話されました。

闘病生活を送られましたが、とうとう正月明けに亡くなられました。

立派な子孫もおられ、会社の方は心配いらないのですが、八十五歳の一生でした。

私も一週間くらいして、仏壇に参りに行きましたが、奥さんもどんなに悲しかったでしょう。

向井　逸雄（むかい　いつお）

昭和二十五年　向井家の三人兄弟の次男として生まれる
四十四年　山口大学文理学部に入学
四十八年　病気のため同校中退
派遣会社日本ケイテムに十年勤務
兄向井義人の長男大祐京都大学に入学、次男広樹東京大学大学院に入学
平成九年五月　ロンドン旅行
田舎の豊岡市の商店経営のため帰る

遥かなる道

2024年2月9日　初版第1刷発行

著　者　向井逸雄
発行者　中田典昭
発行所　東京図書出版
発行発売　株式会社 リフレ出版
〒112-0001　東京都文京区白山 5-4-1-2F
電話 (03)6772-7906　FAX 0120-41-8080
印　刷　株式会社 ブレイン

ISBN978-4-86641-724-0 C0095
Printed in Japan 2024